Le petit chevalier qui défendait son royaume

GILLES TIBO
GENEVIÈVE DESPRÉS

SCHOLASTIC

Catalogage avant publication de Bibliothèque et Archives Canada
Titre: Le petit chevalier qui défendait son royaume / Gilles Tibo ; illustrations, Geneviève Després.
Noms: Tibo, Gilles, 1951- auteur. | Després, Geneviève, illustrateur.
Identifiants: Canadiana 20210139889 | ISBN 9781443187077 (couverture souple)
Classification: LCC PS8589.I26 P428 2021 | CDD jC843/.54 --dc23

Édition publiée par les Éditions Scholastic, 604, rue King Ouest, Toronto (Ontario)
M5V 1E1 CANADA.

5 4 3 2 1   Imprimé au Canada   119   21 22 23 24 25

MIXTE
Papier issu de
sources responsables
FSC® C103113
FSC
www.fsc.org

À Lou, future grande chevalière.
— GILLES TIBO

J'ai réalisé cet album en pleine
pandémie de COVID-19.
Il est dédié à tous ces valeureux
chevaliers et chevalières
à travers le monde, qui
travaillent dans les hôpitaux
pour soigner les malchanceux.
— GENEVIÈVE DESPRÉS

Par un beau matin d'été, le petit chevalier quitta son lit, but un verre de lait et avala un énooorme morceau de gâteau au chocolat. Comme la journée s'annonçait sans drame et sans surprise, il décida de se baigner dans la rivière.

Groseille ne porte pas de pyjama.

Poisson avec un costume de bain.

Groseille déteste l'eau de la rivière.

L'eau est froide pour les orteils.

Encore en pyjama, le petit chevalier quitta son château et descendit au bord de l'eau. Brr, brrr, brrrr… l'eau était si froide qu'il voulut rebrousser chemin. Mais quelqu'un, au loin, cria :
– AU SECOURS! BLURP!! À L'AIDE!!! BLURPP!!!! JE ME NOIE!!!!! BLURPPP!!!!!!

Le petit chevalier s'élança pour sauver
le malheureux. Mais soudain, des sabots
tambourinèrent dans l'eau. Un chevalier,
blanc comme un fantôme et rapide comme
l'éclair, se précipitait lui aussi vers le lieu
du drame.

Lorsque le petit chevalier arriva, tout mouillé,
tout essoufflé, tout surpris, il n'y avait plus
aucun drame. Jean-Guy Thibodeau venait
d'être sauvé de la noyade. En grelottant, il
remerciait le chevalier blanc, qui s'éloignait
au triple galop.

Un poisson joue
dans l'eau.

En allumant un feu pour réchauffer le malheureux, le petit chevalier demanda :
– Mais qui est ce chevalier inconnu qui laisse grelotter un pauvre homme?

Flammes très chaudes.

Groseille se réchauffe le bedon.

Jean-Guy Thibodeau répondit en claquant des dents :
– J'ignore... Clac... Clac... Clac... qui est ce chevalier blanc... Clac... Clac... Clac... Et j'ignore d'où il vient... Clac... Clac... Clac...

Soudain, une voix retentit dans la forêt :
– AU SECOURS! À L'AIDE!! UN ARBRE EST TOMBÉ SUR MOI!!!

Une marmotte fait chauffer une guimauve.

Grosse flaque de boue.

Cheval blanc fraîchement lavé.

Sabots très bien entretenus.

Le petit chevalier s'élança, encore une fois, pour sauver le malheureux. Mais soudain, le sol trembla.

Au grand galop, le chevalier blanc se précipitait lui aussi vers le lieu du drame.

Surpris, le petit chevalier arriva trop tard. L'arbre
avait été dégagé.

Le bûcheron, éberlué, regardait le chevalier blanc
qui s'éloignait. Le petit chevalier ne put s'empêcher
de crier :
– Hé! Qui es-tu? Où vas-tu? C'est chez moi, ici!

Le chevalier blanc
commence à énerver
le petit chevalier.

Le bûcheron
est soulagé.

Pyjama
encore
tout mouillé.

Un oiseau vole
à l'envers.

Frustré par tous ces événements, le petit chevalier
décida de tendre un piège au chevalier blanc.

Il courut jusqu'aux abords de la prairie et lança
un cri qui résonna jusqu'aux nuages. Puis, d'un
grand geste théâtral, il fit semblant de trébucher :

– AU SECOURS! À MOI!! À L'AIDE!!!
JE ME SUIS CASSÉ LES DEUX PIEDS!

Un poisson
se demande
ce qu'il fait ici.

Comme prévu, l'inconnu arriva au grand galop.
Il ralentit brusquement et s'approcha du blessé.

Par une savante pirouette, le petit chevalier le fit basculer dans l'herbe. Ils roulèrent et culbutèrent tellement que le chevalier blanc perdit son casque.

Les deux chevaliers se regardent dans le blanc des yeux.

Les deux chevaliers sont un peu étourdis. Ils pourraient gagner la médaille d'or de la plus longue culbute.

– Mais qui es-tu? demanda le petit chevalier.
– Je suis la chevalière du Royaume-d'à-Côté... J'arrive d'une lointaine mission... Et toi, qui es-tu?

– Moi? JE suis LE chevalier de CE royaume!
– Ah! Ah!! Ah!!! Très drôle! C'est la première fois que je vois un chevalier tout mouillé, tout barbouillé, sans armure et sans cheval!

Piqué dans son orgueil, le petit chevalier se releva d'un coup sec.

– Tu n'as pas les deux pieds cassés? demanda-t-elle.
– Heu... je ne me casse jamais les pieds très longtemps... Attends-moi ici, et prépare-toi pour un duel. Tu vas voir. Je suis un vrai chevalier.

À toute vitesse, il courut jusqu'à son château, se débarbouilla, enfila son armure, sauta sur son cheval et revint dans la prairie.

La chevalière, prête à le défier, l'attendait sur le haut d'une colline...

L'armure du petit chevalier fait CLING! CLING!

Le cheval est heureux de courir dans la prairie.

L'oiseau observe
attentivement
la scène qui se déroule
sous ses yeux.

Les deux chevaliers s'approchèrent en baissant leurs visières. Puis, comme on le fait toujours dans les tournois de chevalerie, ils se lancèrent dans une joute d'habileté...

Elle gagna la course d'obstacles au-dessus des buissons...
Il trancha deux fois plus de pommes avec son épée...

Ensuite, ce fut l'ultime confrontation. Chacun voulant désarçonner l'autre, ils perdirent l'équilibre et tombèrent sur le dos.

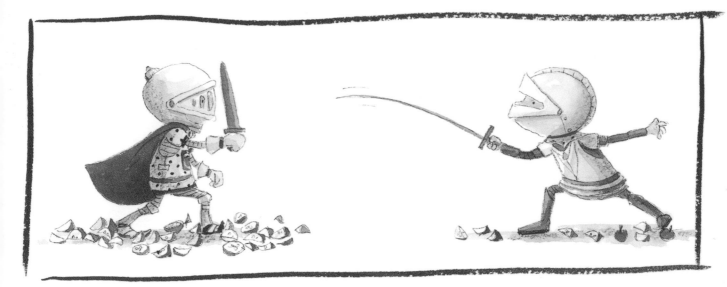

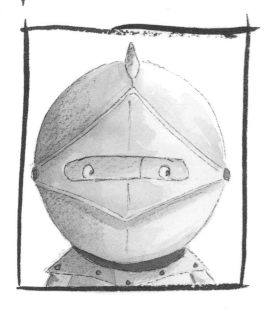

À cet instant fatidique, une voix caverneuse s'écria au loin :
– AU SECOURS! JE SUIS TOMBÉ DANS MON PUITS... PUITS... PUITS... PUITS...

En entendant monsieur Painchaud qui appelait à l'aide, les deux chevaliers se relevèrent, sautèrent sur leur monture et se précipitèrent au grand galop vers le lieu du drame.

Arrivés près du puits, chacun sauta de son cheval pour sauver le malheureux... Mais ce fut la C-A-T-A-S-T-R-O-P-H-E!!!

Les deux héros couraient partout, l'un avec une échelle, l'autre avec un câble, en criant.

Pendant que les deux chevaliers s'obstinaient, monsieur Painchaud réussit tant bien que mal à se hisser hors du puits.

– C'est grâce à mon système de cordes et de poulie! s'exclama le petit chevalier.
– Non, c'est grâce à mon échelle! répondit la petite chevalière.

Mais ils n'eurent pas le temps de discuter bien longtemps...
Au loin, monsieur Signoret cria :
– AU SECOURS! MA MAISON EST REMPLIE DE CHAUVES-SOURIS!!!

Chauve-souris avec une drôle de perruque.

Les deux chevaliers se précipitèrent sur les lieux du drame. Mais ce fut, encore une fois, la C-A-T-A-S-T-R-O-P-H-E!!!

Chacun de leur côté, en courant, en sautant, en gesticulant, ils tentèrent d'attraper les chauves-souris, qui s'envolaient de partout.

Devant l'urgence de la situation, les deux chevaliers décidèrent de changer de tactique. Ils fabriquèrent, ensemble, un énorme filet... Puis, en grimpant chacun leur tour sur le lit et sur une chaise, ils attrapèrent les chauves-souris et les relâchèrent au fond de la forêt.

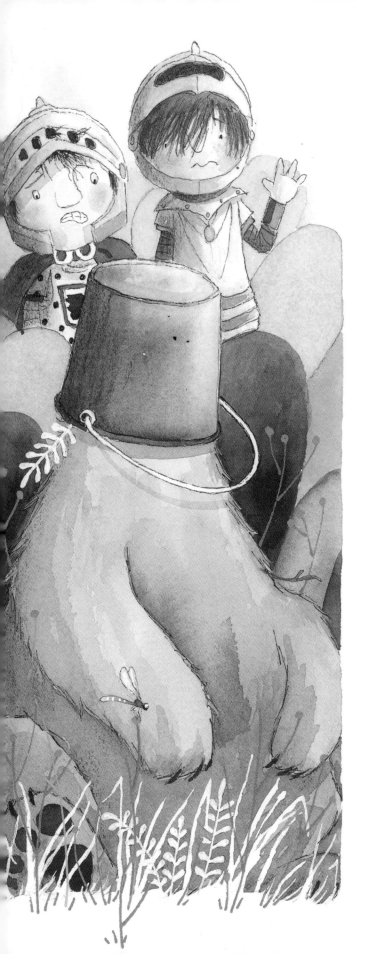

Ensuite, le petit chevalier fit la courte échelle à la petite chevalière pour sauver un chat coincé dans un arbre.

Ils s'entraidèrent pour sauver mademoiselle Lafortune, tombée dans une crevasse.

Ils unirent force et courage pour libérer un ours pris au piège.

Et finalement, ils inventèrent une douce ritournelle pour endormir les oisillons tombés d'un nid.

Lorsque plus personne
n'appela au secours, ils
s'arrêtèrent près d'une source.

Le petit chevalier sortit d'une
cachette un énooorme gâteau
au chocolat qu'ils dégustèrent
ensemble.

– Hum, que c'est bon,
dit la petite chevalière,
mais je préfère quand même
les gâteaux à la vanille!
– À la vanille? Miam... très
bonne idée. Pour te remercier,
je vais te cuisiner une surprise!
Tout le monde sera content...
– Excuse-moi d'avoir douté de
toi, répondit-elle. Tu es un vrai
de vrai grand chevalier!
– Et toi, une vraie de vraie
grande chevalière!

Le soir venu, le petit chevalier invita sa nouvelle
amie à festoyer au château.

Les villageois l'accueillirent chaleureusement.
On mangea des gâteaux marbrés au chocolat et
à la vanille. On alluma un feu de joie. On dansa
et on chanta longtemps, très longtemps.

Le petit
chevalier
exécute
une danse
inconnue
de tous.

Lorsque tout le monde fut endormi,
la chevalière sauta sur sa monture.
Le petit chevalier l'accompagna
jusqu'à la frontière des deux
royaumes.

– Au revoir, petite chevalière!

– Au revoir, petit chevalier!

Puis, en s'éloignant l'un de l'autre,
ils dirent ensemble la même phrase :
– Si tu as besoin d'aide, n'hésite
pas... Je serai toujours dans le
royaume d'à côté...

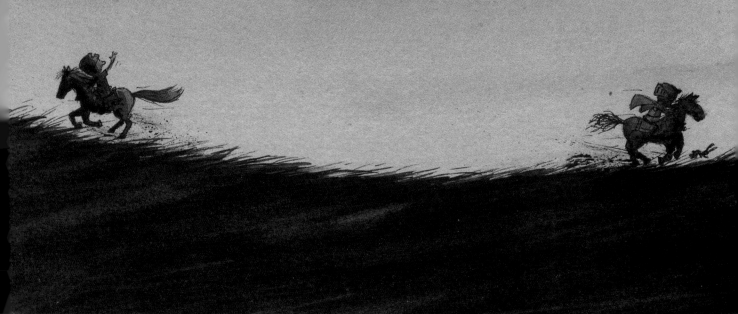